Arnaud Genon

Tu vivras toujours

Roman

EDITIONS DE LA REMANENCE

© Éditions de la Rémanence, 2016
Couverture et mise en pages : www.mapicha.fr
ISBN 979-10-93552-40-8

[…]
Je voudrais être enfant, avoir ma mère encor.

Oui, celle dont on est le pauvre aimé, l'idole,
Celle qui, toujours prête, ici-bas nous console!...
Maman! Maman! oh! comme à présent, loin de tous,

Je mettrais follement mon front dans ses genoux,
Et je resterais là, sans dire une parole,
À pleurer jusqu'au soir, tant ce serait trop doux.

Jules Laforgue, *Les après-midi d'automne.*

Dernier jour et jours d'après

Je sais précisément quand maman est morte. C'était un mercredi, le mercredi 18 janvier 1989. J'avais treize ans. Elle, trente-neuf, l'âge que j'ai aujourd'hui. Durant toute la nuit, le bruit des pas dans l'escalier, dans le couloir, m'avait maintenu dans un sommeil agité, entrecoupé de courtes phases d'éveil. Il fallait passer devant ma chambre pour arriver à la sienne. Derrière la porte, on murmurait, on chuchotait, on allumait la lumière puis l'éteignait. La mort s'organisait, se préparait.

Je me réveillai, comme tous les matins, assez tôt. Généralement, le mercredi, à 9 heures, je me rendais à mon cours particulier de mathématiques. Mais ce jour-là, j'attendis. Je savais qu'il fallait attendre quelque chose, que je ne devais pas me lever, prendre ma douche, m'habiller, faire mon sac, prendre mon vélo et aller chez madame Capdevielle me faire expliquer les fractions, les nombres relatifs ou la résolution d'équations. La porte s'ouvrit et papa n'eut rien à dire. Je fondis en larmes. Sur-le-champ. Ça se sent la mort d'une mère. Ça arrache les tripes, ça crève le cœur. Ça vous vide, en un instant, en un souffle. Plus rien ne vous retient. Lâché dans l'inconnu, dans le noir. Seul.

Maman n'était pas encore partie, elle *partait*. Elle s'en allait. Il fallait l'accompagner. Je pouvais lui parler, elle entendrait ma voix. Je devais la rassurer, lui prendre la main, la lui caresser. Essayer de n'être pas triste, tout au moins de ne pas le lui faire ressentir. Après, le soir probablement, ce serait trop tard, maman ne serait plus là, elle nous aurait quittés…

De nouveau seul dans ma chambre, je mis mon oreille contre le mur qui me séparait d'elle. Je ne comprenais pas vraiment ce qui arrivait et pourtant j'avais compris si vite. Cette mort qui m'avait été cachée, dont on ne m'avait parlé qu'à demi-mot, ou que je m'étais refusé à voir surgir était désormais là. Je ne pouvais plus la nier, la refouler. C'était la fin. Cependant, je ne l'entendais pas, la mort. Elle était silencieuse. Elle ne m'entendait pas, elle non plus. Elle était sourde. Comme l'on dit d'un bruit. Sourd.

J'avais peur de me rendre au chevet de maman mais tant de choses à lui dire. Je savais que je ne supporterais pas cette image, que je ne pourrais pas me poser là, m'asseoir sur le bord du lit, à côté d'elle, et parler, comme si de rien n'était. Alors, c'est de derrière la cloison que je commençais mon monologue. Tout doucement. Je m'entraînais, rôdais mes phrases, mes mots. Le papier peint était bleu nuit. Des lignes multicolores y formaient des losanges. À l'endroit où je me trouvais, le raccord entre les deux bandes de papier était mauvais. Les droites ne se rejoignaient pas. Je voyais là le signe de ma séparation d'avec maman, comme si nos lignes de vie se dissociaient, empruntaient deux voies, deux chemins irrémédiablement divergents. Nous recroiserions-nous un jour ?

Un peu calmé, par la douleur, par le rien, par l'absence, je sortis de ma chambre, fis les quelques pas nécessaires pour rejoindre le lit où elle était allongée depuis plusieurs semaines. Ma main se posa sur la poignée de la porte mais je n'arrivais pas à exercer la pression nécessaire pour l'ouvrir. Aller dire au revoir à maman, c'était accréditer son départ. Elle n'oserait pas mourir, elle résisterait tant que je ne serais pas venu à ses côtés.

Après quelques hésitations, j'entrai. La pièce était sombre. Je trouvai maman plongée dans un sommeil pré-mortuaire, recouverte d'une couette qui remontait au niveau de sa poitrine et sur laquelle reposaient, le long de son corps, ses bras. L'un d'entre eux était relié à la perfusion qui l'avait soutenue dans son combat pour la vie et qui délivrait maintenant les dernières doses de morphine qui l'empêchait de souffrir et l'emportait, au loin. J'observais le liquide descendant lentement le long du tuyau transparent. Son visage était serein, moins marqué par la douleur qu'il ne l'avait été les derniers temps. Le relève-buste métallique avait été remisé et remplacé par des oreillers, la bouteille d'oxygène et les nombreuses boîtes de médicaments qui trônaient généralement sur la table de nuit avaient aussi disparu. La chambre, ainsi débarrassée de son décorum hospitalier, avait repris forme humaine. Comme s'il fallait la rendre humaine, la mort...

Je m'avançai et embrassai la joue de maman, mes yeux déjà embués de larmes, mon nez reniflant. «C'est moi, c'est Arnaud.» Je pris sa main dans la mienne, la serrai. Mais alors que je m'apprêtais à prononcer les mots que j'avais préparés, les mots simples d'un enfant à sa mère, pour lui dire qu'il l'aimait, j'explosai dans un sanglot que j'essayai de réprimer, de contenir dans mon poing serré. Rien ne sortait de ma bouche, rien. Sinon un silence entrecoupé de légers cris que j'étouffai. «Maman...» Je tentais de me reprendre, en vain. Je crois finalement n'être pas parvenu à lui balbutier quoi que ce fût. À chaque tentative pouvais-je au moins l'embrasser de nouveau. Je la regardais et écoutais le son de son souffle devenu si léger. À quoi tenait la vie, désormais? En moi, contre moi, malgré moi, je lui disais au revoir, au revoir, au revoir… Et je me haïssais de ne rien pouvoir faire d'autre.

Je ne sais si ce cérémonial se déroula tout au long de la journée. Je me rappelle avoir croisé mon frère, de quatre ans mon aîné, sortant de la chambre, alors que je m'apprêtai à y entrer à mon tour, une fois de plus. Je n'ai pas le souvenir qu'il ait eu quelques gestes à mon intention, ni qu'il m'ait dit quelques mots. Juste un regard tendre et perdu. Il portait lui aussi la mort de sa mère à ce moment-là, comme il pouvait, sur ses épaules ou dans ses bras, tant bien que mal. Peut-être la portait-il depuis plus longtemps que moi, avait-il compris ou été informé plus tôt de la gravité de son état. Nous jaugeâmes notre peine respective et la manière dont nous l'apprivoisions. Mon père, le matin, m'avait pris dans ses bras, en dehors de tout langage. Le monde s'effondrait pour lui aussi. Maman, c'était son premier amour. Ils s'étaient mariés à vingt ans.

J'étais sûrement très entouré, mais la plupart des images que je conserve de ces instants sont celles d'un enfant seul. Dans ma chambre. Seul avec mon chien, dans le jardin ou avec mon chat, dans le garage. Seul. Seul sur mon vélo, blanc, qui m'avait été offert un mois plus tôt, à Noël et avec lequel je partis errer dans les rues d'un quartier voisin. Je roulais vite, avec le sentiment d'être dans un film, essayant de me mettre en danger, ne regardant pas vraiment ce qui se passait autour de moi, brûlant les stops. Au milieu de ma perte, dans une rue étroite, je vis apparaître, un peu plus loin, une femme, assez âgée. Elle devait avoir perdu sa mère, probablement. Je voulais qu'elle m'explique ce que cela faisait. Ça fait quoi de perdre sa mère, madame, on est comment après? Partirait-elle, cette boule, là, que je ressentais déjà, que j'éprouvais, au centre de ma poitrine? M'étoufferait-elle longtemps? Toujours? Mais la dame monta dans sa voiture et la voiture disparut. Elle me laissa seul, elle aussi. Sans réponse.

Je ne sais plus chez qui je dormis la nuit où elle s'éteignit. Avant de partir, je dus aller l'embrasser. Cette fois-là était la dernière. Dans mon esprit, tout était clair, je savais, désormais. Pourtant, je lui dis «à demain». Pour me rassurer. Pour la rassurer, elle. Puis je lui murmurai : «Dors bien.» Je suppose que je désirais au plus profond de moi qu'elle trouve le sommeil, une forme de paix, que le passage lui soit doux, autant qu'il puisse l'être. Je désirais surtout la revoir. Vivante. «Dors bien», ça veut dire : «Réveille-toi, après.» On ne se résigne jamais à la mort des autres, de ceux que l'on aime. C'est pour cela que l'on s'invente des vies après la vie, pour les sauver de la mort. Pour qu'elle n'ait pas le dernier mot.

Aucun souvenir de la dernière soirée de maman, celle durant laquelle elle nous quitta, ni de la nuit qui suivit. Avec qui et où étais-je? Je suppose, c'est le plus probable, chez mes grands-parents ou chez ma tante. Cependant, rien ne subsiste, aucune image, aucune sensation. Le repas dut être pesant, silencieux, la nourriture fade, les regards fuyants. Je bus sûrement plusieurs verres d'eau, à petite gorgée car cela, je ne sais trop pourquoi, m'a toujours aidé à retenir mes larmes. Nous attendions certainement que le téléphone sonnât. Il aurait vibré comme un glas, figé l'horloge et nos gestes. Ou peut-être avait-on convenu que cela n'était pas nécessaire. On tenta probablement de m'apaiser ou peut-être de me distraire. Mais ces moments-là n'existent plus, n'existent pas. Je n'ai pas *existé*, j'ai été mort pour moi-même, en moi-même, pendant une nuit. Il y a juste une dernière image, d'elle, en vie. Puis je vois son visage, d'elle, morte.

Le matin, lorsque je revins à la maison, maman n'était plus *là*. Dans sa chambre, oui, mais ailleurs, les yeux fermés. J'ai oublié les mots sûrement choisis qui m'annoncèrent ce que je savais déjà : ce que j'éprouvais alors se situait au-delà de ce qu'ils peuvent dire, de ce qu'ils savent exprimer. J'ai oublié les gestes aussi, à l'exception de celui de ma grand-mère, assez rare, qui me prit dans ses bras. « Si tu savais comme je souffre, comme je l'aimais ta maman », me dit-elle. Ces mots m'ont blessé bien plus tard, quand je les ai compris. Je ne lui en ai jamais voulu cependant. (Une dizaine d'années après, lors d'une discussion, à l'occasion d'une dispute, assez violente, elle me reprocha de ne m'avoir pas vu souffrir, je crois, aveuglée par sa propre peine.) Sa belle-fille, il est vrai, elle la considérait comme sa fille. Son chagrin était immense, je n'en doute pas une seconde, elle l'avait aimée, ma mère. Mais moi, je ne pouvais pas mesurer sa peine. J'étais pleinement dans la mienne, dans ma douleur d'enfant. J'étais débutant en la matière. Et puis, si j'avais su, si j'avais pu mesurer son vide à elle, son rien, sa boule dans la poitrine, mes maux n'auraient-ils pas été les mêmes? «Si tu savais comme je souffre.»

J'étais dans ma chambre, la porte fermée. J'observais la moquette marron, passais et repassais ma main sur sa surface créant une étrange sensation au creux de ma paume. Je regardais de ma fenêtre le champ blanchi par le givre. Des merles et des corbeaux y dansaient, interprétaient la chorégraphie de mon malheur. Le soleil brillait, quand même. Cyniquement. Un peu plus tard, des personnes plus ou moins proches de la famille commencèrent à arriver. Certaines d'entre elles entraient dans ma chambre, accompagnées de mon père. Elles venaient me saluer, m'embrasser et prononçaient quelques paroles que je ne comprenais pas toujours même si elles étaient souvent identiques. Ce ne devait pas être facile pour elles, cet exercice. Ce n'était pas facile pour moi non plus. Je ne savais jamais vraiment quoi répondre. Puis elles sortaient, allaient voir le corps de maman, descendaient l'escalier, en chuchotant ou reniflant et regagnaient le salon. Quand le silence revenait à l'étage, je retournais à ses côtés. Les volets étaient fermés et le miroir recouvert d'un drap blanc. Je ne savais pas à quoi correspondait cette tradition mais ne m'interrogeais pas plus que cela. J'avais déjà vu ça à la télé. Une lampe, à sa droite, diffusait une lumière tamisée. J'étais impressionné par ce décorum. Il avait transformé la chambre de mes parents en antichambre de la mort. Je m'approchais d'elle en essayant de ne faire aucun bruit. Comme si elle était endormie. Comme si je ne devais pas la réveiller de ce profond sommeil. Je baisais sa joue puis son front froids. Je le faisais rapidement car je ne savais pas si j'en avais le droit, si c'était mal, ou pas. Je lui touchais la main, lui parlais. J'osais lui dire que je l'aimais. Une fois, je lui demandai de bouger, de me faire un signe. De se manifester à moi. J'attendis… Je buvais les larmes salées qui venaient contrarier le haut de mes lèvres, j'essuyais mon nez coulant avec la manche de mon pull. J'aurais voulu rester là sachant la maison vide. Prolonger ce moment de tristesse qui était aussi un instant de paix et de repos. Rester avec elle, à ses côtés, attendre. Après avoir voulu remettre à plus tard le moment de sa mort, je souhaitais retarder l'instant de son départ définitif, de sa disparition physique. Mais j'avais peur que quelqu'un entre.

L'après-midi, les enfants d'amis très proches de mes parents me rendirent visite. On essayait tous de se comporter comme d'habitude, de discuter des mêmes sujets. On évitait tout silence, tout blanc. On comblait le vide avec des mots. Ils avaient peur de la mort qui était à côté. Presque autant que du silence. Pas moi. L'un d'entre eux rit à un moment, conscient de ce qui se jouait. C'était un rire nerveux, probablement. Il fut tout de suite très gêné, s'excusa. Ce n'était pas grave. C'était tellement ridicule de vouloir à tout prix refuser l'idée que parfois, souvent même, les mots ne peuvent rien. Les mots ne disent rien. Il aurait fallu accepter le dérisoire de la parole. Mais il était plus simple de parler, même si c'était pour ne rien dire. Un peu plus tard, la sœur de ma mère me proposa d'aller avec elle en ville. J'acceptai, je l'aimais bien même si je ne la voyais pas souvent. Parfois, le mercredi, chez mes grands-parents maternels. Rarement chez elle. Elle avait perdu son mari, Bernard, d'un cancer du poumon, quatre ou cinq ans plus tôt. On ne s'était jamais baladés ensemble, tous les deux, je crois. Elle me parla un petit peu dans la voiture, une vieille Ford fiesta bleue qui sentait la cigarette et la menthe. Elle me disait : «Tu sais, ta tata est là.» Elle souhaitait être présente, être là, pour que je *sois*, moi aussi, que je m'absente un peu moins dans mes pensées, que je reste, même à la surface de moi-même. Et puis, son petit accent pied-noir me rappelait ma mère et m'apaisait. D'ailleurs, quand maman était encore là, elles s'amusaient à l'exagérer, à le caricaturer lorsqu'elles se retrouvaient. Elles faisaient rire tout le monde.

Ce jour-là, nous allâmes chez un disquaire – ils existaient encore – et ma tante m'offrit un album. Je choisis celui de Jil Caplan. Je ne connaissais qu'une de ses chansons. Elle passait à la radio, je voyais le clip à la télévision et je la fredonnais. Pourtant, c'est un autre morceau que je n'avais encore jamais entendu qui me toucha particulièrement. C'était une histoire d'amour, de séparation je crois, mais je me réappropriais les paroles et leur faisais dire autre chose, leur prêtais un autre sens de sorte qu'elles parlaient de moi désormais, de maman. La chanson prenait alors une tournure métaphorique et quasi œdipienne :

Et même s'il arrivait un jour, ce qu'on n'osait même pas
Imaginer entre nous, surtout ne pleure pas
Et quand j'entends le son de ta voix quand je te vois marcher
Quand je repense à tous ces moments de bonheur partagé
Et même s'il arrive entre nous, comme venu de nulle part
Juste cette ombre entre nous pour gâcher notre histoire
Quand je vois ces photos de nous deux, quand je te sens souffrir
Quand je repense à tous ces moments où je t'entendais rire

L'ombre l'avait dévorée, je l'avais sentie souffrir, je ne l'entendrais plus rire. J'ai toujours, depuis, acheté tous ses disques. J'avais partagé avec Jil Caplan des moments douloureux, sa voix avait bercé ma peine, je l'écoute aujourd'hui encore avec émotion.

De retour à la maison, un camarade de classe m'attendait, avec sa mère. Il s'appelait Didier. Ce fut la seule visite personnelle que je reçus. Didier n'était pas un ami, à l'école, il me jouait souvent des mauvais tours. Il me jalousait car j'étais proche de deux filles que tout le collège admirait et enviait. Elles, elles ne l'aimaient pas. Lui croyait que j'étais responsable de leur mépris à son égard. Il inventait des histoires me concernant, me donnait des rendez-vous auquel il ne venait pas, se liguait avec d'autres élèves pour que je me retrouve seul à une table, en cours… Mais au début de l'année, nous nous étions invités, à deux reprises. Il était venu chez moi, prendre un goûter, j'étais allé chez lui préparer un exposé. Je suppose que c'est sa mère qui lui imposa cette séance de condoléances qui revêtait tous les atours d'une corvée. Il me salua, marmonna une formule ridicule qui me fit rire, intérieurement. Son visage était faussement affecté, avait-il préparé cette grimace devant un miroir ? Mécaniquement, il mit sa main sur mon épaule. Plus précisément un poing fermé qui trahissait tout autant sa gêne que son hypocrisie. Je me rappelle la raideur de son bras qui enlevait tout naturel à ce geste. Un Playmobil, voilà ce qu'il était pour moi à ce moment. Je lui répondis quelques mots et remontai dans ma chambre, le laissant à sa pose et peut-être à sa honte. Le lendemain, il passerait pour un héros auprès de mes camarades de classe en racontant son expédition au pays de la mort. Mais dès mon retour au collège, il redeviendrait avec moi le salaud qu'il avait toujours été.

Je quittai la maison pour dormir ailleurs cette nuit-là. Encore une fois, je n'en garde aucun souvenir. Avec qui? Trouvai-je facilement le sommeil? C'était la veille de son enterrement. La veille de l'ultime voyage. La séparation serait définitive. Je ne connaissais pas encore la nature de l'épreuve qui serait la mienne, qui serait la nôtre, à nous qui l'aimions. Tout est noir. Vide. Retour au point de départ.

C'est ici que ça commence...

J'ai beaucoup de souvenirs d'enfance. Ceux liés à ma mère sont particulièrement nombreux. La plupart me renvoient à la période de sa maladie. Ce sont les derniers que j'ai d'elle, les moins lointains. Les plus marquants aussi. Indélébiles. Je ne peux cependant pas tous les situer précisément alors même qu'il me semble les avoir conservés dans leur virginité, en dehors de toute fiction. Ils me ramènent à un autre âge mais aussi à un autre moi, celui d'avant sa disparition. Une autre dimension de moi-même. Je n'étais pas celui que je suis maintenant. Je ne serai plus jamais celui que je fus alors. Il y a comme une fissure qui nous sépare. Une fracture. Maman, en me laissant, m'a scindé en deux.

Sa maladie s'origine dans un souvenir. En 1986. J'avais dix ans, j'étais en CM1. Je la retrouvai. Elle était partie quelques jours à Paris afin de consulter un spécialiste à l'Institut Curie. Mon père y était resté pour le travail. Je n'avais rien su des examens, de l'attente des résultats, des doutes, de la mise en place du protocole. Maman était revenue avec sa maladie, certaine désormais du combat qui s'engageait. Nous mangions chez mes grands-parents paternels et nous devions exceptionnellement y dormir. Il était temps d'annoncer à l'enfant le mal qui la rongeait. Le matin, je me réveillai, tôt. Mais je restais allongé, à ses côtés.

— Tu dors ? me demanda-t-elle.

— Non.

— Tu sais, j'ai appris une mauvaise nouvelle à Paris. Je suis malade. J'ai… J'ai un cancer.

— Comme tonton Bernard ?

— Non, Bernard, c'était au poumon, moi, c'est au sein.

— C'est grave alors maman ?

— Oui, mais je vais me faire soigner. Ça va être un peu long, je serai bientôt opérée à Paris et puis après, j'aurai un traitement. Une chimiothérapie. Ne t'inquiète pas…

Après quelques minutes durant lesquelles je lui tenais la main qu'elle m'avait prise, elle voulut savoir si j'avais peur. Ce fut une des questions les plus difficiles auxquelles je dus répondre. Bien sûr, j'avais peur, mais je ne voulais pas le lui dire, je ne voulais pas qu'à son tour elle s'inquiète de ma peur, qu'elle ait à la gérer en plus de sa maladie. Je répondis non, je n'avais pas peur. Je voulais qu'elle comprenne que j'étais courageux, que je savais qu'elle guérirait.

— Même pas un petit peu peur ?

— Non maman.

— Un tout petit peu ?

Je cédais. Oui, un petit peu. Je pleurais. En lui avouant ma peur, je lui avouai mon amour mais j'objectivai aussi la présence de la maladie entre nous. « J'ai peur », c'était aussi dire « Tu es malade », c'était penser à la mort, lui donner de la matière. Maman voulait que j'aie peur. Peut-être était-ce un moyen de me préparer à la suite. Avoir peur de la maladie, c'est aussi en prendre conscience. Mais de quoi a-t-on conscience à dix ans ? On est dans la vie et la vie c'est le présent. Ce n'est *que* ça, le présent. *Et tout le reste est littérature.* Dès que l'on se retourne, quand le passé a pris corps, on a compris. Alors, on n'est plus vraiment un enfant.

Le sujet devint de plus en plus présent. Les examens s'enchaînaient, les visites chez les médecins se multipliaient. On attendait les résultats des analyses de sang dans une grande anxiété. J'étais mis à l'écart, protégé, mais je ressentais les angoisses, les doutes, les peurs. Je saisissais le danger, de manière instinctive, comme un jeune animal qui sait sa mère traquée mais n'envisage à aucun moment une issue tragique. À

Toulouse, mes parents allèrent se renseigner sur des médecines alternatives afin d'augmenter les chances de guérison. La teinture mère, les capsules de lait de jument, la gelée royale s'ajoutaient aux autres traitements. On parlait magnétiseur, acupuncteur. Le cancer était là, mais je ne le voyais pas. J'entendais son nom mais ne discernais pas son visage. Une opération était bien prévue, mais remise à quelques semaines, elle n'existait pas à mes yeux. Et puis l'été arrivait…

Je crois que nous le passâmes dans les Landes, à Seignosse-le-Penon, dans le bungalow de mes grands-parents, comme nous le faisions depuis plusieurs années. Papa et maman essayaient probablement de penser à autre chose sans vraiment y parvenir. De vivre leur vie d'homme et de femme. Leur amour menacé par la mort. Ils avaient trente-six ans. Ils étaient plus jeunes que je ne le suis aujourd'hui et déjà dans l'urgence. Mais dans l'espoir aussi, pas de résignation, pas tout de suite. Elle est venue plus tard. Dans l'urgence d'une fin heureuse. Dans l'urgence du présent. Je suppose. J'invente. Me projette. Car en fait, je n'ai rien ressenti de cet ordre-là, je n'ai perçu aucun changement dans leur manière de vivre. Ils étaient toujours mes parents. En parlaient-ils ? Que se disaient-ils dans l'intimité ? Quelle place la mort pouvait-elle bien occuper ? Était-elle là, entre eux, entre nous ? Étais-je le seul, aveugle, à ne pas la voir planer ?

Maman, depuis longtemps, avant même la maladie, avait réfléchi, comme tout le monde je suppose, à la mort, à ce que, éventuellement, il pouvait se passer après. Son père, mon grand-père, que mon frère avait surnommé «papi Bellet» parce qu'il portait des lunettes, des «Bellet», avait fait un arrêt cardiaque et une expérience de mort imminente. Le tunnel, la lumière, l'autoscopie. À son retour de la clinique, il en avait fait le récit, à table. D'abord la crise cardiaque. La douleur à la poitrine, l'essoufflement, la transpiration, les troubles de la vision. La perte de connaissance. Les voix que l'on entend puis qui s'estompent. Ensuite, nous expliquait-il, il vit son corps, d'en haut, le médecin qui le ranimait. Il avait l'impression d'être l'essence de lui-même, expression que je ne comprenais pas et sur laquelle je demandais un éclaircissement. Ce furent les ténèbres, le silence total et une lumière vers laquelle il se dirigeait à une vitesse incommensurable dans un sentiment de plénitude qu'il n'osait nommer «joie» ou «bonheur».

— Pourquoi pas ces mots? lui demanda maman. Pourquoi tu ne les dis pas, pourquoi ils ne conviennent pas?

Mon grand-père la regarda, interloqué. Il fit une moue. S'interrogea.

— Peut-être parce que j'étais mort et que ce n'est pas l'idée que j'ai de la mort…

Un peu déroutée par ce récit, elle avait ensuite lu les livres de Camille Flammarion publiés dans la collection « L'aventure mystérieuse » des éditions J'ai lu : *Après la mort* et *La Mort et son mystère*. Après sa disparition, je retrouverais dans la bibliothèque, au milieu de quelques romans de Françoise Sagan et de Régine Deforges, *La vie après la vie* du Docteur Pierre Moody. Un soir, je ne sais plus si elle était déjà malade, nous en parlâmes, à table, en famille. C'était peut-être à propos de l'expérience de mon grand-père. Nous étions debout, à côté du four à surveiller ce qui s'y mijotait. Et elle prononça cette phrase, qui me marqua et qu'encore une fois je ne comprenais pas : « Il ne peut pas ne rien y avoir après la mort. » Je demandai des explications. Je ne les saisissais pas davantage mais discernais une conviction. Sa conviction qu'« il ne peut pas ne rien avoir après la mort ». Pas de certitude, pas de dogmatisme. Juste un refus du néant.

— Tu vivras toujours, alors, lui dis-je.

— On peut le dire comme ça… Tu ne te débarrasseras jamais de moi, je t'aurai toujours à l'œil. Je ne sais pas si c'est une bonne nouvelle pour toi, conclut-elle en riant.

L'été à Seignosse se termina plus tôt que les années précédentes où nous le faisions traîner jusqu'aux derniers jours du mois d'août, alors que la majorité des touristes avait regagné leur chez eux. Nous n'avions pas pu profiter des meilleurs moments, où la plage nous appartenait, où le soleil était moins agressif, les soirées silencieuses et douces. Il y avait un parfum de rentrée des classes avant l'heure. Mais voilà, il fallait faire les courses avant tout le monde, préparer les cartables, les vêtements, tout devait être prêt. Pour maman aussi c'était la rentrée. Elle organisait son départ, avec papa, pour subir sa première intervention chirurgicale, à Paris. Une liste fournie par l'hôpital, une sorte de pense-bête, lui indiquait ce dont elle avait besoin. Elle avait souligné certains mots en rouge, fait des croix en face de certains paragraphes. Elle laissait la valise ouverte, dans un coin de la chambre et vérifiait à plusieurs reprises que tout était là, que rien n'avait été oublié. Elle soulevait les vêtements, les sous-vêtements et chuchotait leurs noms tout en regardant la feuille raturée. Elle s'était acheté un pyjama pour l'occasion, elle qui n'en mettait jamais. Elle y était allée avec sa sœur et nous l'avait montré, amusée. «J'ai pris le moins horrible… Imaginez les autres!», nous avait-elle dit dans un éclat de rire. Il y avait aussi les documents administratifs et médicaux, rangés dans un dossier bleu. Il contenait des radios, des résultats d'examens. Elle préparait ses affaires et se préparait elle-même à affronter la maladie. Tout était là, en face d'elle. Elle regarda l'ensemble et poussa un soupir. Elle rentrait dans son combat avant qu'il ne commence. Comme une sportive.

Les valises furent bouclées, les siennes et les nôtres. Nous allions passer, avec mon frère, deux semaines chez mes grands-parents, en attendant son retour. Je n'avais pas conscience de l'enjeu de cette opération. On me le cachait soigneusement ou peut-être, ne voulais-je pas ou ne pouvais-je pas le saisir. Du coup, j'étais inquiet, mais modérément. Je savais que mon grand-père maternel avait été opéré plusieurs fois, ma grand-tante avait eu un cancer du sein, aussi, avait subi le même type d'intervention et se portait bien. Certes, mon oncle Bernard était mort d'un cancer, mais c'était au poumon. Ça n'avait évidemment aucun rapport. Alors, je voulais simplement qu'elle n'ait pas mal, que tout se passe pour le mieux. Guérir ? Elle guérirait… Il n'y avait pas lieu de se poser la question.

Le jour du départ, je la sentis particulièrement angoissée. C'était la première fois que nous allions être séparés aussi longtemps. Elle ne nous accompagnerait pas à l'école le jour de la rentrée alors qu'elle s'investissait beaucoup dans notre scolarité. C'était important pour elle et elle ne pouvait pas être à nos côtés. J'imagine qu'il y avait dans son esprit une confluence de tensions, de peurs. Celle de laisser ses enfants, celle de partir à la rencontre de son mal, d'aller affronter l'univers hospitalier, et peut-être même celle de ne pas revenir. Avec mon père, elle déposa les sacs dans la chambre où nous dormirions. Elle s'assit sur le lit, mit ses mains autour de ma taille et demanda si j'allais bien, si je ne lui en voulais pas de partir. Bien sûr que non, je ne lui en voulais pas. Tout se passerait bien. Je parlais pour moi, à ce moment, tout se passerait bien pour moi. J'espère qu'elle comprit que je disais ce que j'aurais dû dire, que tout se passerait bien pour elle. Elle me serra dans ses bras, fort. À la force de l'étreinte, je perçus la gravité du moment. Elle pleurait et moi j'essayais de ne pas pleurer. Je la serrais dans mes bras, à mon tour, avec pudeur. J'aurais toujours été trop pudique avec elle. La scène me paraissait longue, elle me gênait et pourtant je ne la fuyais pas. Elle était nécessaire, pour nous tous. Je sortis de la chambre et la laissai avec mon frère. Ce furent ensuite les dernières embrassades avant le départ, devant la porte d'entrée. Ma chienne, Nouba, un boxer bringé croisé fêtait ses retrouvailles avec la chienne de mes grands-parents, Nouchka, un boxer pur race. Leurs griffes orchestraient sur le carrelage un concert festif qui détonnait avec l'atmosphère générale. Nous descendîmes ensemble jusqu'à la voiture, un dernier baiser. Nous fîmes au revoir de la main jusqu'à perdre de vue l'auto, au bout de l'avenue Péboué. En me retournant pour rentrer dans la maison, je vis les deux chiennes, côte à côte, ivres de joie, charger dans ma direction. Elles eurent beau se séparer pour tenter de passer de part et d'autre de moi, elles me firent tomber à terre. Je les remerciai intérieurement de me donner l'occasion de me libérer des larmes que je contenais depuis trop longtemps.

Cette année ne s'annonçait pas vraiment bien. Mon instituteur, monsieur Tonclard, avait été sévère dès les premières minutes, voulant asseoir son autorité comme un chien marque son territoire. Assez âgé, cheveux gris, certainement proche de la retraite, il portait des lunettes rectangulaires et un tablier d'un autre temps, à l'image de ses pratiques «pédagogiques», d'un autre siècle. Il était aussi le directeur de l'école, nous n'aurions heureusement à le subir que le matin. L'après-midi, il laisserait place à une jeune institutrice qui commençait quotidiennement la classe par l'écriture d'une citation au tableau. Nous devions la recopier et la commenter. C'était ce que l'on appelle un rituel. Il lassa l'ensemble des élèves assez rapidement. Ce premier jour de CM2, à 17 heures, c'est la sœur de mon père qui m'attendait derrière le portail de l'école. En la voyant, je sentis le sol vaciller sous mes pieds. Il était pourtant prévu qu'elle vienne me chercher. Mais maman n'était pas là et c'est de cela que je pris subitement conscience. L'absence a un poids que l'on mesure souvent trop tard.

Chez mes grands-parents, l'ambiance était morose, les soirées longues. Ici aussi il y avait des rituels. D'abord le goûter. J'allais acheter chez l'épicier, qui se situait à côté de la maison, un paquet de gâteaux ou un pain au chocolat. Je passais un peu de temps dans le jardin ou descendais dans le garage où mon grand-père avait entreposé, depuis des années, un ensemble d'objets hétéroclites qui faisaient du lieu, pour l'enfant que j'étais, une caverne aux mille trésors. Puis je faisais mes devoirs sur la table de la cuisine pendant que ma grand-mère terminait sa grille de mots croisés. La pendule, au-dessus de l'évier, terrifiait le temps lui-même de son sombre tic-tac.

Une fin d'après-midi, il me fut difficile de relater un souvenir heureux de mes vacances d'été, comme me l'imposait la consigne de monsieur Tonclard. Sans le savoir, peut-être avais-je déjà commencé ma dérive, non pas vers le malheur, mais vers une certaine forme de gravité. Je demandai de l'aide à ma grand-mère en lui expliquant que rien de ce que j'avais vécu ces derniers mois ne correspondait à ce qu'attendait le maître. Alors, on transforma le récit d'un dîner de famille, plutôt terne, qui nous avait réunis quelques semaines auparavant dans les Landes, à l'occasion de l'anniversaire de maman, en retrouvailles joyeuses et festives autour d'un barbecue. Je pris beaucoup de plaisir à l'écriture de ce mensonge. Ce n'était pas une fiction, juste un arrangement avec la réalité. J'avais distendu le temps et l'atmosphère, ajouté quelques éclats de rire, intercalé des souvenirs beaucoup plus anciens, changé le menu… Chaque élément du récit, pris séparément, était vrai, finalement. Ils avaient existé. Mais dans des lieux et à des dates différentes. J'avais simplement reconfiguré l'ensemble. Ma première autofiction. De quoi satisfaire l'homme au stylo rouge.

Le soir, nous regardions la télévision, les informations régionales, les titres du 20 heures, ensuite, puis dînions, dans la cuisine. Il y avait souvent de longs silences. «Un ange passe», disait ma grand-mère. L'heure d'aller se coucher se profilait alors très vite.

L'opération de maman devait se dérouler le mercredi. Il était prévu de lui téléphoner la veille et le lendemain. J'ai toujours eu une phobie du téléphone, plus grande encore lorsque l'appel était lié à des moments graves. Cette hantise se cristallisait chez mes grands-parents. Un boîtier gris, que l'on posait contre l'appareil, amplifiait le son de la voix de l'interlocuteur de sorte que tout le monde assistait à l'échange. Ma grand-mère me donnait des mots-clés, que je ressortais, honteux, à maman qui ne devait pas être dupe. «Courage/on pense à toi/tu nous manques/tout ira bien.» C'était évidemment ce que je souhaitais exprimer, mais ce langage n'était pas le mien, n'était pas celui d'un enfant de onze ans timide et pudique. Mon malaise était donc redoublé dans ces circonstances et ma peine décuplée. Quelques jours après, j'eus à remplir une carte que nous devions lui envoyer. Nous avions, mon frère moi, chacun la nôtre.

— Tu vas corriger ce que je vais écrire mamie ?

— Oui, je corrigerai les fautes d'orthographe. Si tu veux, on écrit ensemble la lettre, comme ça tu ne fais pas d'erreur.

— Et tu vas corriger pour Laurent aussi ?

— Oui, enfin, je ne sais pas, s'il veut.

— Et s'il ne veut pas ?

— Eh bien, non, pourquoi ?

— Et moi, si je ne préfère pas ?

— Je peux ne pas lire si tu préfères, mon poulet.

— Oui, je préfère.

J'allai m'installer dans le bureau, dans le sous-sol de la maison. Je me rappelle avoir écrit une lettre fleuve où je racontais mon quotidien, je rapportais à maman des faits sans importance, l'école, l'instituteur pas sympathique qui avait donné une claque à mon voisin (en fait, c'était à moi, mais je n'osai l'avouer), les camarades, les soirées avec papi et mamie. Et entre chacun de ces non-événements, je parlais d'elle, lui disais que j'avais pensé à elle à un moment précis, qu'il me tardait de manger un de ses gratins de riz, que j'avais été à la maison arroser ses fleurs qui faisaient grise mine en son absence, que le cerisier avait grandi. Je sais que je ne parlais pas de l'opération, encore moins de maladie. Partout, je lui disais son absence, non pas comme un reproche, mais comme l'évidence du manque que l'absence occasionnait en moi. Je finis cette lettre en lui écrivant « je t'aime très fort ». D'abord, je notai « je t'aime » mais je trouvai cela un peu triste, un peu sec. Le « très fort » adoucissait l'ensemble en même temps qu'il l'intensifiait.

L'opération avait eu lieu. La première épreuve achevée, tout commençait. Les quelques jours qui me séparaient de son retour me parurent particulièrement longs. J'écoutais, derrière les portes que l'on fermait pour l'occasion, les discussions desquelles j'étais exclu. Maman ressentait des douleurs, elle souffrait. Des nouveaux mots, qui m'étaient inconnus, venaient gravement ponctuer les phrases. Tumeur. Bénigne. Maligne. Sarcome. Cellules. Chimio. Rayons… On chuchotait. Après un coup de fil reçu ou donné, on se regardait et s'interrogeait d'un signe de la tête. Ou ma grand-mère terminait une phrase en espagnol quand j'entrais dans la cuisine. Tout cela je le voyais, je l'entendais, je comprenais que je ne devais pas savoir. Donc, ça ne me parlait pas, pas vraiment en tout cas. Je ressentais évidemment le trouble ambiant, je n'étais pas dupe. Je posais des questions pour essayer de comprendre. Cependant les réponses étaient soit trop techniques, soit trop vagues ou simplistes. Dans les deux cas, j'étais mis à l'écart. Je tenais, alors, comme on me le suggérait implicitement, ou inconsciemment, mes distances. Ce recul qu'on m'imposait, on me le reprocherait, d'ailleurs, plus tard. Je me concentrais par conséquent sur l'essentiel, la vie, le présent et désirais que maman revienne au plus vite.

C'était un dimanche. Mes parents étaient partis de Paris en voiture, dans la matinée, on les attendait pour la fin de l'après-midi, le début de soirée. Ma grand-mère m'avait averti : maman était un peu fatiguée, mais elle allait bien. Il nous faudrait être sages, obéissants, l'aider dans ses tâches. Je guettais leur arrivée en ouvrant régulièrement la porte d'entrée. Devant la télévision, dès que j'entendais le bruit d'une voiture qui me paraissait pénétrer dans l'allée, je regardais par la fenêtre. On frappa à la porte, j'allai ouvrir. J'étais heureux. Elle aussi. Elle m'embrassa, elle paraissait en bonne santé, rien n'avait changé. Tout le monde s'installa dans le salon. On parla du voyage, de Paris, de la météo, de la rentrée scolaire. « Et vous, comment allez-vous Cricri ? », lui demanda mamie. « Ça va, ça va, ne vous inquiétez pas. Un peu fatiguée mais très contente de vous voir tous. » Nouba piétinait tour à tour à côté de mon père puis de ma mère et frétillait à la moindre caresse. On but une coupe de champagne. On mangea assez rapidement, il ne fallait pas rentrer tard, nous avions école le lendemain. Nos valises étaient prêtes. Papa fit à ma grand-mère un chèque correspondant aux dépenses que nous avions occasionnées. On rentra à la maison. Mon lit était froid. Qu'importe, « C'est fini ! » pensais-je.

Erreur. On passait juste d'une guerre de mouvement à une guerre de position. L'ennemi était simplement identifié. Il avait été repéré, localisé, on avait retiré ce qui pouvait l'être. En aucun cas il n'avait été mis hors d'état de nuire. Mais ça, je ne le savais pas.

Le faux départ

J'avais fait un faux départ. J'étais parti ou arrivé avant les autres. Alors que je croyais tout terminé, je comprenais soudainement que nous n'étions même pas encore prêts à nous élancer. Le vocabulaire médical, que j'avais entendu, malgré moi, dans des conversations volées, faisait son apparition à la maison. Lorsque la sœur de ma mère ou ses parents appelaient, elle devait rendre compte des dernières avancées ou reculées de la maladie. Elle ne leur disait pas tout, évidemment, elle dissimulait les informations inquiétantes, ne voulant effrayer personne. Elle rassurait tous ceux qui avaient peur autour d'elle. Peut-être comme une épreuve supplémentaire. Elle avait de la force pour ceux qui n'en avaient pas.

Les consultations chez les médecins, avant le début de la chimiothérapie, étaient de plus en plus nombreuses. Dans la cuisine, dans la chambre de mes parents, des boîtes de médicaments se multipliaient. Maman était donc malade. Mais personne ne me le disait clairement, je le comprenais mais je nageais dans une sorte de doute permanent, de confusion terminologique. Se soignait-elle pour guérir ou pour ne pas mourir ? Oui, elle avait un cancer, oui c'était grave, mais que signifiaient tous ces mots ? Ma grand-tante aussi avait eu un cancer. Elle s'en était sortie. Comme elle vivait à Paris, je ne l'avais jamais vraiment vue malade. Aussi, je ne me rappelle pas avoir eu une discussion avec un adulte, à ce moment-là, m'expliquant avec des mots simples ce qui se passait. Je voyais, j'entendais, alors, pensait-on, je saisissais l'enjeu de ce qui se jouait devant moi. C'était d'autant plus complexe que je constate maintenant que les enfants ont une capacité à comprendre les informations dans un sens qui leur est toujours avantageux. Ce doit être une sorte de système immunitaire psychologique visant à refouler ce qui pourrait entraver toute forme de bonheur. Je n'étais pas pour autant un enfant heureux, non, mais le désespoir, je crois, m'était alors étranger.

Je vivais dans deux univers différents, deux dimensions qui ne se rencontraient que rarement. Il y avait la maison, le cercle familial où la maladie était présente. Elle n'était pas le centre de tout ce qui s'y passait mais on ne pouvait pas passer à côté. Il y avait l'école. Ce maître que je détestais, qui nous faisait avaler des exercices de mathématiques ou de français auxquels je ne comprenais plus grand-chose, moi qui avais pourtant toujours été un bon élève. Monsieur Tonclard commençait tous les matins par nous faire ouvrir un des vieux classeurs qu'il nous avait donnés en début d'année. Nous lisions collectivement la leçon. « Y a-t-il des questions ? », nous demandait-il. Il n'y en avait jamais car nous avions peur. À plusieurs reprises, il avait fait des remarques méprisantes à ceux qui s'y risquaient. « Si tu as des questions et que tu es le seul, c'est que tu es un idiot ! Relis la leçon, la réponse s'y trouve sûrement. » Il nous indiquait alors la liste des exercices à effectuer qui nous occuperaient une bonne partie de la matinée.

Cependant, malgré monsieur Tonclard, l'école était devenue le lieu où je pouvais échapper à la lourdeur qui régnait parfois chez nous. Je n'associais pas le lieu au travail mais à une fuite. Mon carnet de notes en attestait, le premier trimestre n'avait pas été bon. Maman n'était pas contente, et moi, je m'en voulais. Faire mes devoirs, apprendre mes leçons, écouter en classe, cela n'avait plus aucun sens pour moi. Mon frère, pour les mêmes raisons, se trouvait dans une situation similaire. Cela posait problème à la maison, bien sûr, mais comme le vrai danger était ailleurs… Alors, d'une certaine façon, je profitais de ce laisser-aller pour me laisser aller. À quoi ? Pas grand-chose. Pas beaucoup de télé, ni de lecture et les consoles de jeu n'existaient pas encore. Je n'avais pas vraiment d'amis en dehors de l'école. Pas d'oc-cupation prenante. Quelques échappées à vélo dans les quartiers alen-tours, des parties de ping-pong dans le jardin des voisins dont la fille avait trois ans de plus que moi, du tennis contre un mur attenant à la maison. J'y affrontais, dans mon imagination, les meilleurs joueurs de l'époque dans des matchs épiques. En fait, je passais mon temps à le perdre dans l'attente de jours meilleurs.

Les chimiothérapies commencèrent rapidement après le retour de maman. Elle nous avait avertis, elle serait malade, fatiguée et perdrait ses cheveux. « Tous ? », demandais-je, surpris. « Presque ! », me répon-dit-elle, souriante. « Je vais retrouver mon crâne de bébé. » Elle avait cette force maman. Elle dédramatisait, devant moi tout au moins, les situations les plus sérieuses, les plus graves. « Et puis, je mettrai une perruque et après ça repoussera ! » Voilà, la chose était balayée d'un revers de main. Il n'y avait, là encore, pas de quoi s'inquiéter. Puisque le problème n'existait pas aux yeux de maman, alors il n'existait aux yeux de personne. C'était juste étrange de s'imaginer maman sans cheveux. Je pris une photo d'elle, dans le banc-coffre où étaient rangés tous les albums, j'y posai ma main sur le haut de sa tête afin d'en dissimuler sa chevelure brune et épaisse. Elle était toujours belle, je la reconnaissais, dans ses yeux, son sourire. Ils pouvaient bien tomber, ses cheveux…

La première séance eut lieu un matin. C'est papa qui dut l'emmener à la clinique. À mon retour de l'école, à 12 h 30, je la trouvai dans sa chambre. À côté d'elle, une bassine.

— Ça va maman ? Tu es fatiguée ? Tu as envie de vomir ?

— Un peu oui, mais ça va. Je dois me reposer. Tu as bien travaillé ce matin ?

— Oui, on a fait des exercices de mathématiques et après du français, comme tous les jours. Mais je n'aime pas monsieur Tonclard. Il nous crie dessus dès qu'on dit qu'on ne sait pas…

— Il faut bien apprendre tes leçons, comme ça, tu sauras. Va manger, tout est prêt en bas. Ferme la porte s'il te plaît.

Elle souriait. Là encore. Mais elle avait pleuré quelques minutes auparavant. Ça se voyait, les yeux, le nez, les reniflements. Elle n'avait pas parlé comme d'habitude. L'élocution. Comme gênée. La chimiothérapie provoquait une sécheresse et des douleurs dans la bouche. Je l'embrassai et m'apprêtai à descendre les escaliers quand je l'entendis vomir. Je voulus retourner dans la chambre mais papa m'en empêcha. Il me dit qu'il s'occupait d'elle, que ça irait mieux le soir, que tout était normal. Les médicaments étaient à l'origine de ces réactions. Ce n'était pas la maladie qui les provoquait. J'étais bouleversé. De la voir ainsi épuisée, comme jamais je ne l'avais vue. Oui, je crois que je ne l'avais jamais vue malade, allongée, affaiblie, fragile. Bouleversé aussi de l'entendre me parler de l'école, dans ces instants-là. N'y avait-il rien de plus important? Je pense qu'elle voyait dans la scolarité, la mienne, celle de mon frère un *lieu* où aller bien, où s'épanouir, penser le monde, le comprendre... «Comme ça, tu sauras»... L'ignorant peut-il être heureux?

Ce jour-là, je ne mangeai pas beaucoup. J'étais dépité, las de tout. Je mis deux ou trois fois machinalement la fourchette à ma bouche. Mon regard fixa une tache sur le mur de la cuisine puis se perdit dans le vide. J'aimais bien cette perte, cette concentration, puis cet abandon. Nous étions tous dans un état similaire ce qui rendait les choses plus simples. Et puis les mots ne pouvaient pas grand-chose, eux non plus. «Un ange passe», aurait dit ma grand-mère... Il passa vite. En haut, on entendit des bruits de pas se dirigeant vers la salle de bain. Une porte claqua. Papa remonta vite. Maman était de nouveau prise de nausées, de spasmes et de vomissements. Avec mon frère, nous débarrassâmes la table.

Je repartis rapidement à l'école, à vélo. Bien avant l'heure habituelle. J'essayai de rallonger mon chemin, de me perdre dans des rues que je n'avais jamais empruntées. Je ne m'arrêtais pas à cause du froid. Lorsqu'un rond-point se présentait, j'en faisais plusieurs fois le tour. Je cherchais à me désorienter, à occuper différemment mon esprit. À l'égarer lui aussi, qu'il ne s'arrête pas à l'image du visage de maman, à son regard un peu perdu, à ses larmes à peine séchées, à son teint pâle, à l'inquiétude de papa. Je ne pensais qu'aux mouvements réguliers de mes jambes, à la douleur de mes cuisses, de mes doigts frigorifiés. Pour ne pas avoir peur. De retourner à l'école. De retourner à la maison.

J'étais arrivé dans la cour au moment de la mise en rang, juste après la sonnerie. Le chahut, les rires, les cris, les bousculades m'agressaient. Je n'avais personne avec qui partager ce que je vivais, pas d'amis assez proches. Et je n'aurais pas pu, pas à ce moment-là. Je restai en retrait, rentrai le dernier en classe. Mon visage, mes attitudes devaient trahir mon malaise. Je sortis mon classeur, notai la citation du jour en n'omettant pas les guillemets et le nom de l'auteur, comme nous le répétait chaque jour l'institutrice. Elle m'interrogea sur le sens de la phrase du jour, sur la manière dont je la comprenais et je n'eus rien à répondre. Rien. Un haussement d'épaules, peut-être. Pendant la récréation, mes camarades me félicitèrent pour mon insolence. Je n'avais pas grand-chose à leur répondre non plus.

J'étais finalement pressé de rentrer à la maison. Le trajet de retour fut aussi rapide que l'aller avait été long. Je pus parler davantage avec maman. Ça allait un peu mieux. Elle me dit qu'elle allait vomir ainsi encore un ou deux jours, mais que c'était normal, c'était le produit qu'il y avait dans le médicament qu'on lui avait injecté le matin qui causait les nausées. C'était étrange de se soigner à s'en rendre malade. Elle se sentait comme si elle avait une petite grippe, légèrement fiévreuse, sans appétit et cette sécheresse dans la bouche… Je restais avec elle, sur le lit. Je lui demandais précisément comment tout s'était passé le matin. On lui avait d'abord posé un cathéter en haut de la poitrine. Elle me le montra. Elle m'expliquait que c'était un petit appareil implanté sous la peau, muni d'un fin tuyau directement introduit dans une veine. L'extrémité extérieure était conçue pour être reliée à la perfusion. Les médicaments se présentaient sous forme liquide. On les avait placés dans deux poches en plastique, qu'on avait tour à tour reliées au cathéter. Il avait fallu plus d'une heure pour que leur contenu s'écoule dans le sang. Elle était ensuite rentrée à la maison avec papa, qui était resté à ses côtés. Ça me rassurait de savoir ce qui se passait même si je trouvais effrayant ce médicament qui guérissait et faisait vomir, impressionnant ce bout de plastique sortant des veines. Mais réconfortant aussi. On la soignait. On s'occupait d'elle. Elle irait donc vite mieux. Je n'osais pas l'interroger sur ses cheveux. Ils étaient toujours là, bruns, bouclés, forts. Peut-être que maman ne les perdrait pas, elle. Que ça n'arrivait pas à chaque fois. Qu'importe. Cela, pour moi, était déjà sans importance.

On regardait je ne sais quel programme sur la télé que papa avait installée en face du lit, dans leur chambre, au-dessus de la commode. Maman poussait de petits gémissements parfois, lorsqu'elle changeait de position, à cause du cathéter qu'elle oubliait. Je la regardais en faisant une moue compatissante. Elle me rassurait de ses yeux, en silence. Je lui demandais si je la gênais, si elle préférait rester seule. «Non, au contraire, me répondait-elle, mais je ne veux pas que tu te forces.» Je ne me forçais pas. Je ne pouvais pas ne pas être là. J'avais l'impression de partager quelque chose avec elle. Au-delà des mots que nous n'échangions pas. La conscience du temps. Elle s'endormait et je la regardais comme on regarde un enfant dont les yeux se ferment. Je ne fis pas mes devoirs ce soir-là et personne ne me demanda de les faire. Le lendemain serait un autre jour. Une autre vie. À chaque jour ses angoisses, ses peurs.

Deux ou trois jours plus tard, elle reprit ses activités. À son nouveau rythme. Contrairement à ce que je pensais, à l'impression que j'avais eue, elle avait globalement bien supporté cette première séance. Les médecins le disaient. Il y en aurait quelques autres encore dans le cadre de cette première cure, avant la phase de repos. La chimiothérapie, je ne l'apprendrais que bien plus tard, s'attaquait aux cellules cancéreuses mais aussi à certaines autres cellules. Le corps avait besoin de périodes de récupération afin de favoriser la régénération des cellules saines. Le moment du répit arrivait, ce devait être fin février, début mars. Maman l'attendait, évidemment, lasse des effets secondaires et nous l'attendions avec elle. Aussi, le temps des vacances se dessinait. Nous partions dans les Alpes, à Méribel, pour prendre l'air, le grand air, pour skier, nous reposer.

Mes parents et grands-parents paternels avaient loué un chalet. C'était une première. En général, nous partagions l'été le bungalow des Landes mais nous n'étions jamais partis ensemble à la montagne pour un long séjour. Papa a toujours été un fou de ski, un grand skieur. Maman aimait aussi beaucoup ce sport. C'est sûrement mon père qui le lui avait appris. Mon frère commença à marcher avec des skis aux pieds ; c'est à quatre ou cinq ans que je réalisai mes premières descentes. L'hiver 1987 avait été particulièrement froid. Il avait beaucoup neigé, à Pau, où nous habitions, mais aussi dans toute la France. Après l'école, la semaine que dura l'épisode neigeux, j'allais faire de la luge avec les enfants du quartier. À la télé, aux informations, nous avions vu des Parisiens descendre les escaliers du Sacré-Cœur en ski. Le 12 janvier, il avait fait jusqu'à moins trente-trois degrés à Méribel. Quand nous y arrivâmes, tout était blanc, les routes, les toits, les chemins, les voitures.

Tout allait bien les trois premiers jours. Maman était en forme, elle skiait avec nous, toujours souriante. Elle profitait, elle regardait les sommets enneigés et me disait, sur les télésièges, que les paysages étaient beaux. J'acquiesçais, un peu distrait. Elle insistait. « Regarde le bleu du ciel. Respire le grand air. On est heureux, non ? » J'étais beaucoup moins contemplatif qu'elle, et davantage concentré à repérer les bosses intéressantes pour d'éventuels sauts… En fin d'après-midi, nous rentrions. Ma grand-mère nous avait préparé des crêpes ou des merveilles. On allait se promener après le goûter. On marchait jusqu'au centre de la station, on y faisait quelques courses. Nous mangions, regardions un peu la télé ou jouions au scrabble puis j'allais me coucher, laissant les adultes veiller encore un peu. L'ambiance était bonne, le son des rires parvenait parfois jusqu'à la petite pièce, à côté de la salle de bain, où je dormais. On y avait installé un lit de camp et ma chienne, Nouba, me rejoignait en cachette et s'installait à portée de ma main pour se faire caresser.

Le troisième ou quatrième soir, maman monta seule pour faire sa toilette. J'entendais les bruits auxquels je m'étais déjà habitué : le grincement de la porte, l'enclenchement de l'interrupteur, l'ouverture des robinets de la douche… Mais très rapidement, l'eau s'arrêta de couler. Maman murmurait. Semblait parler seule. « Ça y est ! Ce n'est pas possible… », répétait-elle. Il y eut un silence. Puis un sanglot étouffé.

Mon père la rejoignit quelques instants plus tard. «Tu es là?» Elle balbutia un «oui» retenu entre ses larmes. «Regarde!», disait-elle, «Regarde! Par poignées. Je n'en aurai plus d'ici la fin de la semaine. Regarde tout ça. Ces cheveux, *mes* cheveux…» Je faisais le mort, j'étais comme mort. Je n'entendais rien, j'entendais tout. Maman sans cheveux. Pour moi ce n'était rien, ce n'était pas grave, avec ou sans, elle resterait la même. Je pensais à elle. Pour la première fois. Je saisissais son effroi. Elle devait penser à nous, à papa. Je m'imaginais que le lendemain elle n'en aurait plus aucun. Je me promettais de faire comme si de rien n'était, d'aller l'embrasser, à l'angle de la table du salon où nous déjeunions, de m'enquérir de la météo. Je demanderais si tout le monde avait bien dormi. Elle rigolerait, finalement, de mon sketch. Et je n'aurais pas à en dire davantage.

Aujourd'hui, j'imagine la violence que revêtit ce moment pour ma mère, le trouble dont il fut la source. Le processus de la maladie suivait son cours. Maman subissait une double attaque dans et contre sa féminité, cancer du sein, chute des cheveux, une *double peine*. Une perte de repères, un adieu à son visage d'enfant, de jeune femme, de mère. Je suppose que devenir chauve, pour un homme, n'est déjà pas chose aisée. Toutes les stratégies qu'ils emploient pour dissimuler leur calvitie en sont la preuve. Mais pour une femme? Cependant, je suis persuadé qu'elle ne pleurait pas pour elle, mais pour ses proches.

Elle s'en moquait de ses cheveux, au fond... «Mais nous?», devait-elle penser.

Le lendemain matin, je n'osai pas descendre prendre le petit déjeuner. Pas dès mon réveil, tout au moins. Je me préparais. Évidemment, je n'avais pas bien dormi, ayant toute la nuit pensé au moment où j'aurais à découvrir le nouveau visage de maman. Mais je ne voulais rien trahir de la surprise ou du choc que cela me causerait éventuellement. Je me concentrais, triturais mes joues pour en solliciter les muscles, qu'ils m'obéissent, me répondent. Ne rien faire paraître. Allongé dans mon lit, je tentais de discerner les mots de la conversation matinale qui montaient jusqu'à moi. Un rire, des intonations gaies, avais-je rêvé? Je descendis lentement l'escalier, inquiet, faisant volontairement craquer les marches en bois. Tout le monde était assis à sa place, maman me sourit comme elle le faisait habituellement. La conversation était banale, comme le sont les discussions du matin, on commentait les informations que la radio chuchotait, on parlait de la température qui décidait du nombre de pulls qu'il nous faudrait porter. Mais maman avait toujours ses cheveux, rien ne venait trahir ce que j'avais entendu et cru comprendre quelques heures auparavant. Nous nous préparâmes et partîmes à l'heure convenue. Cependant, arrivés au pied des pistes, maman me demanda d'emprunter avec elle le télésiège. Elle avait à me parler. Et je savais déjà ce qu'elle me dirait.

— Tu t'es bien couvert? Tu n'as pas trop froid ce matin?

— Non ça va. Et toi?

— Tu m'as entendue hier soir quand je suis montée, enfin plutôt après… Disons, on ne t'a pas réveillé?

— Non pourquoi? Que s'est-il passé? Je crois que je me suis endormi tout de suite, dès que je me suis allongé, je n'ai même pas lu.

— J'étais un peu triste hier soir à vrai dire. J'ai un peu pleuré. Mais c'est passé.

— Triste? Pourquoi?

Je sentis que ma question sonnait faux, que maman devait s'en rendre compte. Mais elle était prise dans ce qu'elle souhaitait me dire, comme toujours, elle faisait attention, cherchait à me préserver, à ne pas me heurter, ni m'effrayer… Elle me regardait pour sonder l'impact de ses mots. Avec douceur, comme pour m'accompagner. Je discernais presque ses yeux à travers les verres de ses lunettes de soleil.

— J'ai perdu beaucoup de cheveux. Les médecins appellent ça l'alopécie. C'est normal avec la chimio. Mais ça a commencé et ça va aller très vite. Je vais bientôt porter une perruque.

— Tu nous l'avais déjà dit ça, tu te souviens? Je savais que ça arriverait. Pour moi, ce n'est pas grave. Tu l'as déjà ta perruque?

Maman me sourit et me serra dans ses bras. Je l'embrassai. Il n'y avait pas d'angoisse, pas de peur. Je crois qu'elle fut rassurée que je n'en parle pas plus, que je n'y accorde pas d'importance. Ça ne changeait rien pour moi, si elle gardait le sourire, pourquoi devrais-je le perdre? Moi si pudique, souvent maladroit, j'étais à cet instant content de moi. Pour une fois, je trouvai les mots. Je sentis maman bien à ce moment, je l'étais aussi. Nous partagions un même soulagement. Une certaine joie nous réunissait. Je lui demandai alors si elle n'avait pas froid à la tête et lui proposai mon bonnet.

Nous entendîmes alors un cri, regardâmes en bas, sur la piste, et vîmes un skieur chuter. On rit, puis ce fut un fou rire. Elle venait à point cette chute! Elle nous libérait. Toute la tension du moment, de cette confession qui m'était faite retombait. À la descente du télésiège, papa nous demanda ce qu'il se passait, ne sachant pas si nous riions ou si nous pleurions. À bout de souffle, il nous fut impossible de répondre.

Je garde à l'esprit une photo prise à la fin de ce séjour au ski. Il neigeait de nouveau beaucoup. Un soir, nous allâmes manger au restaurant. Il faisait nuit. Maman sortait du chalet, mon père était en hauteur. Il l'appela, elle leva la tête, lui sourit et donna l'impression d'être heureuse alors qu'elle avait pleuré, les autres soirs. Sur l'image, les flocons de neige saisis dans la lumière du flash sont autant d'étoiles qui l'entourent dans sa beauté. Elle portait une casquette gavroche en tweed, vert foncé, à carreaux. Elle venait de se l'acheter pour n'avoir pas à mettre de bonnet qui aurait pu abîmer ses cheveux et en accélérer la chute. À quoi pensait-elle vraiment ? Ce sourire était-il de façade, pour nous rassurer, nous tous ?

Nous nous en allâmes le lendemain matin. Avec un certain vague à l'âme. Rentrer à la maison, c'était de nouveau affronter les problèmes, retrouver le décorum de la maladie. Le traitement allait reprendre avec son cortège d'effets secondaires. Nous étions silencieux. Maman regardait par la vitre les montagnes s'éloigner. «C'est beau, quand même», disait-elle. «Vous ne trouvez pas non ?» De nouveau contemplative, elle fit un petit geste et ajouta en chuchotant au milieu du silence : «Au revoir, à l'année prochaine».

Elle ne revit jamais ces montagnes.

La fausse arrivée

Une fois la première phase de repos achevée, une nouvelle cure de chimiothérapie commença. Je m'étais habitué à ces hauts et à ces bas, à ces répits puis à ces chutes, dans la douleur, la fièvre et les nausées. Je m'étais aussi habitué à une relative liberté, à ne plus être autant choyé et surveillé. J'en profitais. À l'école, ça n'allait pas, je redoublais mon CM2. Maman avait été convoquée par monsieur Tonclard. Pour la première fois, en fin d'année, pour lui signifier que mes résultats insuffisants ne me permettaient pas de passer en classe supérieure et d'aller au collège. Maman avait bien vu que mes notes étaient très moyennes, voire faibles mais s'étonnait de n'avoir pas été avertie avant. Elle expliqua à l'instituteur la situation familiale, la maladie, les opérations, le manque de vigilance, comme pour s'excuser. Elle se sentait coupable alors qu'évidemment elle ne l'était pas. Je vis l'enseignant gêné à son tour. Se rappelait-il les deux claques qu'il m'avait données, les punitions injustes, les mots méprisants? Je n'étais pas «l'âne», le «feignant» qu'il croyait, qu'il m'avait dit être. Juste un enfant un peu perdu dans la tourmente de la maladie de sa mère à qui il aurait fallu porter plus d'attention. Il proposa même à maman de revenir sur sa décision, ce qu'elle refusa. Soit il estimait que mon niveau n'était pas suffisant, soit il l'était. On ne décidait pas d'un passage ou d'un redoublement à l'état de santé de ses parents, non? Lui, l'homme de tous les principes, redevint un écolier. Monsieur Tonclard m'apparut à cet instant-là dans toute sa médiocrité. Il m'avait inspiré toute l'année de la peur. Je ne ressentais plus à son égard que du mépris.

On ne me gronda pas à la maison. Mes parents étaient déçus, ils me le répétaient. Mais le plus important était ailleurs. Maman allait mieux et terminait son troisième cycle de chimiothérapie. On pensait à la phase de repos qui se préparait avant d'entamer une radiothérapie quelques semaines plus tard. Il commençait à faire beau et chaud. Les vacances et notre départ dans les Landes étaient proches. Un peu plus d'un an s'était écoulé depuis la déclaration de la maladie. Elle faisait désormais partie de nous, de notre famille, elle nous accompagnait tout le temps, à table, dans nos discussions, au lit, dans nos rêves et nos cauchemars aussi. Elle était là, mais se faisait plus discrète, ce qui n'était pas pour nous déplaire. Elle finirait bien, me disais-je, par se faire oublier définitivement.

En juin 1986, j'eus onze ans. C'était un dimanche. Comme d'habitude, je me réveillai très tôt, bien avant tout le monde. Il devait être 6 heures. Je descendis l'escalier et m'installai sur le canapé devant la télé. Mais rapidement, maman me rejoignit. Elle me souhaita un bon anniversaire et me dit qu'elle était fière de moi. Je ne comprenais pas trop pourquoi, il n'y avait pas de raison de l'être : je redoublais, je n'avais pas été très sérieux, je n'avais pas écouté les conseils, j'avais profité de sa baisse de vigilance. J'étais gêné qu'elle me dise cela. Oui, c'était vrai, de ce point de vue là, j'aurais pu mieux faire, concéda-t-elle. Mais ce qui était important à ses yeux, c'est que je l'aidais, je la soutenais, j'étais avec elle, à ses côtés, qu'elle me trouvait fort. J'avais onze ans, mais j'étais déjà un grand. De ça, elle était heureuse. Elle m'embrassa, se leva et se dirigea vers l'escalier pour remonter dans sa chambre. Elle s'arrêta puis revint sur ses pas.

— Tu sais, ajouta-t-elle, je voulais te dire que tu as fait quelque chose d'extraordinaire la semaine dernière.

— Ah bon ? m'étonnai-je.

— Oui, quand tes amis sont venus prendre le goûter mercredi. Tu ne te rappelles pas ?

— Non, enfin oui, je me souviens qu'ils sont venus, mais je n'ai rien fait de spécial.

Ses yeux rougissaient. Elle reprit d'une voix chevrotante.

— Si, tu m'as dit que je pouvais les recevoir sans ma perruque. Ça montre que tu es un grand maintenant et aussi que tu es courageux.

— Non, c'est normal, je ne l'ai pas dit pour être courageux, juste pour que tu ne sois pas obligée de t'embêter avec ça, que tu remontes, que ce soit compliqué. Et parce que ça ne me gêne pas à vrai dire qu'ils te voient avec un foulard sur la tête. Et d'ailleurs, pourquoi tu l'as mise avant qu'ils viennent ?

— Pour ne pas qu'ils te fassent des remarques après, à l'école, qu'ils se moquent de toi.

— S'ils m'avaient fait des remarques, ils n'auraient plus été mes amis. C'est tout…

Elle sourit, se mordit la lèvre, me dit « Merci » et repartit se coucher. Et moi, je repris le cours de mon programme pour enfants.

Les vacances arrivèrent. La chimiothérapie était terminée, pour l'instant. Nous allâmes à Seignosse et l'été se passa. Je vivais mes premières amourettes. Le soir, j'avais l'autorisation de rester tard dehors, à côté du bungalow, avec les autres enfants. Nous discutions, jouions aux cartes, à la pétanque… Quoi que nous fassions, je désirais simplement être en équipe avec Léonie. On s'aimait bien. Lors d'une partie de cache-cache nocturne, elle me demanda de la prendre par la main, afin de ne pas se perdre. Elle sentait bon. Elle devait se parfumer avant de nous rejoindre. Quand nous allions faire du vélo, elle voulait être sur mon porte-bagages. On riait et se perdait volontairement, on s'éloignait des autres, s'amusait de leur bêtise. On s'asseyait sur un banc et nous nous chamaillions gentiment. On se pinçait, histoire de se toucher. Et puis, la veille de son départ, avant de rentrer chez elle, nous nous cachâmes derrière un buisson et nous nous embrassâmes, rapidement, maladroitement. En pleine nuit. Personne ne me vit rougir.

Lorsque je rentrais, le soir, mes parents regardaient la télé, dans le canapé. Les fenêtres étaient grandes ouvertes à cause de la chaleur. Nous échangions quelques mots, nous nous souhaitions une bonne nuit et je montais m'allonger sur mon lit. Ma vie avait regagné une certaine innocence, mes préoccupations étaient redevenues, le temps de quelques semaines, celles préadolescentes de tous les autres enfants. Seule la visite hebdomadaire de l'infirmière qui venait faire une piqûre à maman me rappelait que je dansais sur un fil ténu. Mais le baiser de Léonie m'avait donné des ailes et je n'avais plus peur du vide : je n'y pensais presque plus.

Cet été, comme le précédent, fut aussi écourté. Maman allait entamer sa cure de radiothérapie. Il fallait mettre en place le protocole, décider des zones à traiter, de la durée de chaque séance, du nombre de jours par semaine, du nombre de semaines. Le vocabulaire médical proliférait de nouveau dans les discussions. Oncologie, marqueurs tumoraux, rayons, cellules et autres lymphocytes constituaient le champ lexical d'une poésie douloureuse. Cependant, les résultats des différentes analyses étaient encourageants. C'est papa qui ouvrait généralement les enveloppes sur lesquelles figurait le nom du laboratoire. On les reconnaissait rapidement au sigle bleu et blanc «Biopau64» qu'elles affichaient, en haut, à gauche. Quand j'en trouvais une dans la boîte aux lettres, je l'attrapais du bout des doigts et l'apportais immédiatement à mon père. Il appelait maman, prenait la feuille des derniers résultats afin de constater une éventuelle évolution et ils s'installaient, tous les deux, dans la cuisine ou le salon. Je devinais rapidement, aux silences, au son des voix, aux intonations, si elle contenait une bonne ou une mauvaise nouvelle. Les derniers temps, elles avaient été plutôt rassurantes. L'été mourait lentement, maman revivait, à son rythme aussi.

Ses cheveux avaient repoussé. D'abord un léger duvet, qu'elle me faisait toucher, parfois. «J'ai retrouvé mon crâne de bébé», s'amusa-t-elle un jour. Ce n'était pas rien. Chaque matin, nous portions une attention particulière à cette évolution. Chaque millimètre supplémentaire, chaque impression nouvelle d'épaisseur étaient vécus comme un véritable événement. Puis ce furent des cheveux, très courts, qui lui permirent de ne plus porter ni perruque ni foulard. Il y avait une véritable joie dans la repousse des cheveux, une joie que l'on partageait, tous, en famille, que l'on commentait, interprétait. Maman était belle, elle n'avait jamais cessé de l'être, mais son corps souffrant, son corps malade, qui renaissait à travers ses cheveux, dans ses cheveux, bruns, épais, comme avant, redevenait, dans son esprit, celui d'une femme. J'assistais à cette transformation, je la comprenais, je saisissais, sans mettre des mots, en deçà de tout langage, à l'avènement d'une femme nouvelle.

Maman avait une Fiat 500, rouge, décapotable. Une vieille voiture qui avait du mal à nous mener en haut de certaines côtes. Lorsque nous arrivions chez mes grands-parents maternels, qui habitaient à une trentaine de kilomètres, à la campagne, maman lui tapait sur le capot et la remerciait : « Merci Titine ! » Un jour que nous partions faire les courses, dans la voiture de plus en plus bruyante, je lui demandai depuis combien de temps elle possédait « Titine ». Elle dut mal entendre, elle dut comprendre « tétine » et pensa probablement à ses seins. Elle me raconta alors l'histoire de sa poitrine, me parla de puberté, d'adolescence, de devenir femme, mère. Cela correspondait à cette féminité retrouvée, à ce corps de femme qu'elle affirmait de nouveau. Je me sentais gêné, je ne voyais pas le rapport entre sa Fiat rouge et ses seins, à moins que ce ne fût la forme arrondie. Lorsqu'à son tour elle comprit que nous ne parlions pas de la même chose, elle sourit. Peut-être se rendit-elle compte aussi de ce que le lapsus signifiait. « La Titine, je l'ai depuis moins longtemps que mes tétines » conclut-elle dans un éclat de rire.

Les séances de radiothérapie étaient quotidiennes mais ne duraient que quelques minutes. Rien à voir avec la chimiothérapie. Maman ne souffrait que d'effets secondaires minimes, de petites douleurs sur la zone traitée, quelques rougeurs et irritations cutanées mais pas de fatigue, pas de nausée, pas de perte de cheveux. Elle pouvait d'ailleurs s'y rendre seule, en voiture. Un jour, je l'accompagnai. Elle faisait sa séance avant d'aller déjeuner chez ses parents. Je l'attendis avec un livre, à l'extérieur, sur un banc. Elle ne voulut pas que j'entre, que je voie cette grosse machine qui tournait autour d'elle. Le soir, dans sa chambre, avant de me coucher, je tentai d'en savoir plus sur le déroulement de cette cure dont elle parlait peu. Elle enleva alors son tee-shirt et me montra son sein marqué au feutre noir. On lui avait fait ces traces, qui étaient protégées par une sorte de film plastique, afin que la tumeur soit bien repérée et que les rayons atteignent leur cible. Elle m'expliqua ensuite qu'elle s'allongeait sur une table autour de laquelle tournait un télécobalt, appareil chargé d'émettre les rayons et de détruire les cellules cancéreuses. Ça allait vite, ça ne faisait pas mal, pas peur. Lorsqu'elle aurait fini ces séances, dans cinq semaines, elle ferait d'autres examens, et les médecins décideraient de la suite.

Je pensai à maman seule devant ces énormes machines, à ces aiguilles, ces scalpels qu'elle avait affrontés. J'étais en même temps effrayé et impressionné. Que pouvait le cancer face à cet arsenal ?

La rentrée scolaire se déroula normalement, comme celles d'avant la maladie. Maman put, cette fois-ci, m'accompagner le premier jour. Papa était là aussi. J'étais un peu angoissé, je n'aurais plus un seul ami, tous étaient désormais au collège. Maman me rassura mais me dit qu'elle voulait que je travaille, que j'aie de bons résultats, que je sois sérieux, que je m'installe au premier rang, que je choisisse bien mes camarades, que… Et que je sois heureux aussi, car on ne pouvait réussir à l'école que si, par ailleurs, tout se passait bien.

Rapidement, tout me parut simple en classe. Ce que j'apprenais était nouveau – je n'avais rien fait de tel avec monsieur Tonclard – mais les mathématiques, les règles de grammaire, ou l'Histoire m'étaient clairement et calmement expliquées. Les élèves en difficulté, dont je ne faisais plus partie, allaient travailler dans le fond de la classe avec l'institutrice alors que les autres entamaient une lecture ou répondaient à un questionnaire de compréhension. Les mots d'animaux n'étaient réservés qu'aux sciences naturelles et la main n'était levée que pour nous rappeler de ne pas oublier de lever la nôtre lorsque l'on voulait prendre la parole. Mes premiers résultats furent très bons.

J'allais avec joie à l'école et revenais heureux à la maison. Mes amis étaient parmi les meilleurs élèves de la classe. L'un d'entre eux, chez qui je me rendais régulièrement, était même le fils d'une professeure de lycée. Cela rassurait maman, elle était heureuse, fière de me voir ainsi redevenu un bon élève. Elle en parlait à la famille, à ses amies, elle n'hésitait plus à montrer mes carnets de notes trimestriels qu'elle conservait dans le tiroir du buffet du salon. Un matin d'hiver froid, nous croisâmes la maîtresse sur la route de l'école. Nous étions en voiture et elle marchait. Maman s'arrêta à son niveau et lui proposa de l'emmener avec nous. Elle accepta. Durant les quelques centaines de mètres que nous fîmes ensemble, elle ne tarit pas d'éloges à mon égard. J'étais poli, attentif, curieux. Maman me regardait dans le rétroviseur et me fit un clin d'œil. Je ne bougeais pas, intimidé par la présence de l'institutrice. Je souriais intérieurement d'offrir à maman cet instant de bonheur.

Elle dut repartir à Paris cette année-là. Était-ce pour des examens de contrôle, pour une autre opération ? Certains détails anodins me reviennent de manière très claire, d'autres souvenirs demeurent très confus. On a beau vouloir se raconter au plus proche du vécu, on n'échappe jamais à la fiction, à notre propre fiction, celle dont on est fait. Les omissions, les silences, les « noirs » ne relatent-ils pas aussi une histoire ? Je me souviens cependant lui lire au téléphone, chez mes grands-parents, un carnet de notes rose qui me semble être celui de cette deuxième année de CM2. En fait, ce ne peut être que celui-là car j'entends encore les paroles de ma mère me félicitant et me dire : «Que de progrès par rapport à l'année dernière!» J'ai aussi en mémoire le petit échange entre ma grand-mère et ma mère, juste avant de raccrocher :

— Vous pensez que je le signe ce carnet, Cri-Cri?

— Celui-là? Des deux mains!

S'il y avait des traits d'humour dans la conversation, c'est que les résultats des examens médicaux devaient être bons ou encourageants. J'avais de mon côté de moins en moins peur et me laissais aller à la vie heureuse d'un enfant de mon âge.

Ma chienne Nouba était cependant très malade. Elle avait vomi du sang, à plusieurs reprises. Le vétérinaire était venu, lui avait fait une piqûre, mais son état se dégradait. La veille du retour de mes parents, elle mourut. En un instant, elle sembla ragaillardie, descendit rapidement les escaliers, commença à courir dans le jardin puis s'arrêta net, me regardant en laissant échapper un filet de sang de sa gueule. Je criai, allai demander de l'aide à mon grand-père. Ma grand-mère resta aux côtés de la chienne, la caressant, lui parlant pour qu'elle meure en paix. Je lui ai toujours été reconnaissant de ce geste, de ces mots.

Le retour de maman fut moins heureux que les autres. Nous pleurâmes beaucoup. Cette chienne faisait partie de notre famille. Maman vit là un signe. «C'est étrange, elle était comme guérie, puis elle est morte…» Papa et mon frère allèrent l'enterrer au pied du cerisier qui se trouvait au fond du jardin. Je m'y recueillerais souvent, par la suite, dans les moments difficiles qui ne manqueraient pas d'arriver.

Nous étions tristes alors que maman allait mieux. Elle n'était pas guérie, non, mais en rémission. Ce n'était pas tout à fait la même chose. Elle m'expliquait la nuance. Lors des examens médicaux qu'elle venait de subir, on n'avait plus décelé aucune cellule cancéreuse dans son organisme. Soit parce qu'il n'y en avait plus, soit parce que trop petites, elles n'étaient pas détectables.

La vie reprenait ses droits. La vie reprend toujours ses droits. C'est la loi.

Le temps de l'innocence

La maison revivait. Maman suivait toujours un traitement de fond, rendait régulièrement visite à son médecin, mais il ne s'agissait là que de contrôles. Pour moi, maman était guérie, tout redevenait comme avant. Les cellules cancéreuses se terraient, se cachaient, se dissimulaient dans son corps et nous laissaient tranquilles. Nous ne savions pas que ce n'était qu'un répit. Nous espérions mieux, nous espérions plus. Et moi, je vécus durant ces quelques mois un temps d'innocence qui fut peut-être le seul qui m'ait été donné de vivre.

Un jour, j'avouai à mes camarades les plus proches la tempête que j'avais traversée. Nous étions dans le jardin de Marc, dans le tronc d'un arbre énorme qui nous servait de cabane depuis quelques semaines. On se confiait des secrets, d'abord sur les filles de la classe que nous aimions bien, que nous voudrions éventuellement embrasser. Puis sur nos frères et sœurs, sur nos familles en général. Fabien parla du divorce de ses parents, de la peine qui était la sienne lorsqu'il quittait son père à la fin des vacances scolaires. S'il ne venait parfois pas le lundi, c'était justement qu'ils faisaient, lui et son père, semblant d'avoir eu un problème de train, d'avion, de voiture… Je trouvais fascinant qu'un parent puisse mentir pour que son enfant n'aille pas à l'école. Les parents de Marc s'étaient aussi séparés, mais lui n'en souffrait pas. Son père et sa mère habitaient à trois kilomètres l'un de l'autre. Au contraire, nous disait-il, il préférait cette situation à celle qu'il avait connue avant. Quant à moi, je leur fis l'aveu de la maladie de ma mère. Elle avait un cancer. Enfin, elle avait eu… Mes amis ne me crurent pas, au début. Quand on avait un cancer, on mourait, me disaient-ils. Ce n'était donc pas possible. Je leur racontai alors tout. C'était pour cela qu'ils avaient connu maman avec les cheveux très courts, puis qu'ils avaient repoussé. Que je n'avais pas travaillé l'année précédente. Que je n'étais pas parti en vacances, ni à la Toussaint ni à Noël. Et puis, on n'inventait pas de telles histoires sur sa mère.

Le printemps était là. À l'école, au fond de la cour, sous un grand arbre, nous jouions à « action ou vérité ». C'était l'occasion de faire quelques déclarations, de révéler nos penchants pour telle ou telle camarade, d'échanger quelques baisers. Nous nous préparions tous à la « classe de mer » qui nous emmènerait, quelques semaines plus tard, au Pays basque, à Socoa. La vie n'était plus vraiment la même.

C'est étrange. Il n'y a rien à dire de ce bonheur-là qui s'ignorait, inconscient de lui-même. On le cherche, on l'espère, le remet à plus tard. Il est là, on ne le goûte pas. Le bonheur est toujours une nostalgie.

À Socoa il faisait beau et je me sentais grand. Nous faisions de la voile, allions nous promener sur la plage. Le soir, nous écoutions de la musique dans le dortoir. Puis, lorsque les lumières s'éteignaient, nous discutions longtemps jusqu'à n'en plus pouvoir. Au milieu du séjour, nous dûmes écrire une lettre à nos parents. Je n'avais aucune inspiration. Je ne voulais pas raconter mon présent, je désirais simplement le vivre. Je proposai à mon institutrice d'inscrire, à l'adresse de mes parents, un « Bises de Socoa », en gros, sur la feuille qui nous avait été donnée à remplir. Elle refusa. Je dus alors me résigner à relater la pêche aux crabes et l'observation des moules sauvages… Le lendemain, je fêtai mon anniversaire avec mes camarades, un gâteau m'avait été préparé avec douze bougies. À cette occasion maman m'écrivit une carte. Elle représentait une souris hilare assise sur une planche à voile que deux autres souris manœuvraient. Je dus la considérer enfantine, moi qui avais le sentiment d'être grand, sinon d'avoir grandi. Je l'ai toujours conservée. J'y retrouve aujourd'hui l'écriture de maman, très claire, à la fois ronde et élancée. J'y retrouve surtout à travers ses mots, l'amour d'une mère pour son fils.

Mon chéri,

J'ai trouvé cette carte tellement amusante que je te l'envoie avec un tout petit peu d'avance. J'ai des nouvelles de la classe par madame de Mons. Je sais que vous découvrez et apprenez des tas de choses. J'espère que le beau temps est au rendez-vous pour la réussite de tes photos et pour le plaisir en général. Sois bien sage et obéissant (je suis persuadée que tu l'es). Mais surtout amuse-toi, sois heureux et profite de ce qui t'est offert. Nous pensons beaucoup à toi et t'embrassons très très fort.

Ta maman qui t'aime et t'aimera toujours.

Je ne me souviens plus de ma réaction, de mon émotion. Comprenais-je le sens de cette carte? Étais-je capable de le saisir? J'étais ailleurs, amoureux d'Emma. L'idée de la mort ne me séparait plus de maman et la vie adolescente m'éloignait de ceux qui étaient tout pour moi. Mon innocence d'alors me rend rétrospectivement coupable d'avoir été aveugle…

La chute

Il n'y a plus rien. Rien de précis. La vie. Neuf mois passèrent. Et de nouveau, le temps s'arrêta. Une lettre. Elle contenait des résultats. Maman était fatiguée. Le verdict : rechute. Tout était à refaire, la mort se réinvita dans la vie. Elle prenait de nouveau place à table, avec nous. Son couvert était mis tous les soirs. Paris. Une opération. La chimiothérapie.

Je n'ai plus que des bribes. À partir de là, il n'y a plus de récit, plus d'histoire ni de narration, aucun continuum. Mes souvenirs se fragmentent en images, anecdotes, phrases, mots. Je ne sais pas si la mémoire me sauve en ne me restituant que le minimum vital ou si elle me blesse en me volant mon passé. Elle est la seule à savoir et à ne savoir pas.

Un jour, au lieu de rentrer à la maison, je me rendis à la clinique qui se trouvait à trois cents mètres du collège. Des camarades m'accompagnèrent et me demandèrent ce qu'avait ma mère, pourquoi elle était là. «Elle est malade, elle a un cancer. C'était fini, je la croyais guérie, mais c'est revenu. En plus, c'est comme si le cancer était réapparu avec un esprit de vengeance…» Nous continuâmes le trajet, en silence. Dans la chambre se trouvaient maman, papa et mon frère. Maman sur un lit, dans une chambre blanche, dénudée, vide. Ils étaient graves. Ce devait être grave. C'est probablement à partir de ce moment que maman dut comprendre et savoir. D'ailleurs, ensuite, tout alla vite.

Le mercredi, généralement, nous allions faire les courses au supermarché. Avec mon frère, nous accompagnions maman, l'aidions à porter les sacs, à les mettre dans le caddy, dans la voiture. Ce mercredi-là, elle nous dit qu'elle allait ouvrir le portail, pour s'avancer. Je finissais de me préparer. En arrivant dehors, je la trouvai à terre, essayant de se relever. Elle était tombée et ne pouvait pas expliquer sa chute.

J'étais en cinquième. J'avais treize ans. Après le journal de 20 heures, maman restait dans le salon avec papa. Ils regardaient un film ou une émission quelconque. Parfois, j'entendais des pleurs. Elle se plaignait de son épaule qui la faisait souffrir. Papa la massait pour tenter de la soulager. Un soir, elle laissa échapper un «je n'en peux plus» qui parvint à mes oreilles et me bouleversa.

Maman restait dans sa chambre, elle ne descendait plus beaucoup. Je faisais la cuisine, en bas, préparais un gratin de riz que je lui avais vu faire souvent. Elle ne mangeait que très peu, avalait des sortes de milkshakes protéinés. Il y avait plusieurs goûts : vanille, fraise, chocolat. Elle n'en aimait aucun. Souvent, après l'école, après mes devoirs, je la rejoignais. Je m'asseyais sur le lit et nous regardions la télévision. Je lui racontais ma journée, la rassurais sur mon travail. J'avais de bons résultats, j'étais un des meilleurs élèves de la classe. Sur la table de nuit, les médicaments s'accumulaient, se superposaient. Maman tentait de calmer ses douleurs avec l'Efferalgan codéine que contenaient des boîtes blanches, bleues et rouges. Elle gémissait en changeant de position.

Attendait-elle la mort?

Un jour, ma grand-tante Jeanne tira les cartes à ma grand-mère. J'assistai fasciné et silencieux à la séance. «Il y aura bientôt un mort dans la famille.»

La chambre de maman devint une chambre d'hôpital. Une bouteille d'oxygène trônait désormais à l'entrée. Grande, blanche. Maman me demandait parfois de la lui allumer. On m'avait expliqué comment faire et j'accomplissais la tâche avec fierté et dextérité. Je lui apportais ensuite le masque qu'elle posait sur son visage. Je me retirais et la laissais se reposer. Ma grand-mère venait souvent lui rendre visite. Elle faisait la cuisine, en bas, pour que nous n'ayons rien à faire, le soir venu. Elle tenait compagnie à maman même si cette compagnie lui était parfois pesante. Maman n'avait plus trop envie de parler. Elle voulait rester seule mais n'osait congédier sa belle-mère qui l'appelait « ma fille ».

Un dimanche matin, nous partîmes skier avec papa et mon frère. Sur un télésiège, à Super-Barèges, mon père me dit que maman n'allait vraiment pas bien. Il espérait qu'on pourrait encore aller au ski tous les quatre, ensemble, mais il ne savait pas si cela serait possible. Si le souvenir de cette discussion est intact, c'est qu'il m'expliqua, à ce moment-là, que tout était fini. Bien sûr, ce n'est pas ce que je compris. Dans le « si elle s'en sort » qu'il prononça, j'entendis qu'elle s'en sortirait. Déjà aveugle, je devenais sourd à la mort.

— Arnaud ! Arnaud !

Je sortis de ma chambre, vite. Je demandai à maman ce qu'il y avait. Elle me montra la bouteille d'oxygène. Je pris le masque, le lui donnai puis allai tourner le robinet d'ouverture. Elle se calma, me fit un signe de la tête. Je m'assis au bord du lit, elle me prit la main. Puis elle me regarda, comme si rien ne s'était passé, comme si ce n'était pas grave, pour me rassurer.

— Merci Nono. Tu peux retourner jouer dans ta chambre.

J'obéis. Je repris mon activité et continuais à ne pas comprendre que tout était terminé.

— Pourquoi tu bois ces milkshakes, maman, si tu ne les aimes pas ?

— Si je ne les avale pas, tu sais, eh bien, je pourrais disparaître…

J'étais le spectateur aveugle de la mort de ma mère. Elle m'expliquait, pourtant, qu'elle était très malade, je la voyais faiblir, de jour en jour, avec la force morale de ceux qui acceptent. Mais je n'y croyais pas, on ne croit pas en la mort, à treize ans.

Pour Noël, toute la famille vint à la maison. Pour la première fois étaient réunis à cette occasion mes grands-parents maternels, paternels, mes tantes, ma grand-tante et mon grand-oncle, mon cousin. Maman était assise dans le grand fauteuil du salon, à côté de la cheminée. Nous étions tous autour d'elle. Ses parents lui avaient offert des bijoux. Deux bracelets, une bague. Je me souviens de maman leur demandant, eux qui vivaient très modestement, pourquoi ils avaient fait cette «folie». Tous devaient en comprendre la raison, sauf moi, bien sûr. Des cadeaux pour dire adieu. C'était leur manière, à eux, de manifester leur amour à leur fille. Rapidement, maman fut fatiguée. On l'aida à remonter dans la chambre, on alla tous l'embrasser. Noël était fini.

Il ne se passa probablement rien pour le réveillon du jour de l'An. Peut-être maman but-elle une coupe de champagne pour fêter la fin de cette mauvaise année, espérant que la nouvelle serait meilleure. Mais y croyait-elle? Non. Elle savait, elle connaissait le verdict. Seule l'échéance lui échappait, comme à nous tous.

Il n'y avait plus d'espoir. Elle n'en pouvait plus de souffrir. Il n'y avait plus à se battre car le combat était définitivement perdu. Avec papa, le médecin de famille, les docteurs concernés elle décida de tout arrêter et souhaita qu'on la laisse mourir, qu'on l'aide dans ce dernier geste. Elle demanda à mon frère de bien prendre soin de moi. À moi, elle ne demanda rien, puisque je ne savais pas. Que m'aurait-elle demandé, d'ailleurs?

Le 18 janvier 1989, maman mourut. J'avais treize ans. Elle, trente-neuf, l'âge que j'ai aujourd'hui.

Le 20 janvier elle fut incinérée. Dehors, devant le garage, je vis le cercueil où elle reposait sortir de la maison et se diriger vers le véhicule funéraire. Je ressentis physiquement une immense et indicible douleur. Je fus déchiré, brûlé vif, étouffé… À quoi bon tenter de dire ? Les mots n'en savent rien.

Le 16 janvier, elle avait noté sur une feuille ce qu'elle léguait et à qui. Telle bague à sa sœur, telle montre à sa grand-tante… Elle l'avait fait sereinement. Apaisée, pour tenter d'apaiser les autres du vide qu'elle laisserait. Ici et déjà ailleurs. J'admire aujourd'hui cette force, cette sérénité, ce consentement qui n'était pourtant pas une résignation… Elle avait demandé à ce que me soit remise une photographie qui la représente alors âgée de quatre ans. Ce doit être devant une église. Après son baptême ? Elle est habillée de blanc et au dos de sa veste sont cousues les ailes d'un ange.

« Je suis ton ange », me dit-elle à travers l'image. « Je te suivrai, t'aiderai, te porterai. Je t'accompagnerai, tant que tu en auras besoin. Je suis ton ange… »

Aujourd'hui j'ai trente-neuf ans. Dans quatre mois, quarante. Je serai alors plus vieux qu'elle ne l'a jamais été. Je la remercie de m'avoir ainsi protégé, de m'avoir aimé, malgré sa mort. D'avoir été là, de l'être encore, à mes côtés. Je ne crois plus en Dieu. Je ne crois pas en une vie après la mort. C'est assez récent. Au début, je pensais que renoncer à cette croyance revenait à faire disparaître maman une seconde fois. La plonger dans le néant. Je crois comme Tacite que «Le tombeau des morts est le cœur des vivants.» Je trouve cette image bien plus belle. Vivre après la mort dans le cœur d'un vivant… Il y a toujours en moi la flamme de l'amour qu'elle m'a offert.

Je me dis parfois que chaque pensée pour elle fait désormais battre les ailes fragiles qu'elle avait dans son dos ce jour-là, à quatre ans, devant l'église. L'avoir toujours à l'esprit, chevillée au cœur, est ma façon à moi de protéger, à mon tour, l'enfant qu'elle est sur la photo. Maintenant que je suis père, je le peux.

Vole petite maman, vole… Tu vivras toujours.

RETROUVEZ TOUTES NOS PUBLICATIONS
SUR LE SITE INTERNET DES ÉDITIONS

WWW.EDITIONSDELAREMANENCE.FR

IMPRESSION : BOOKS ON DEMAND, GMBH

WORDERSTEDT, ALLEMAGNE

DÉPÔT LÉGAL : MAI 2016